U0092444

相遇

Encounter

陳恩華 著

牽著您的手
牽出一條一條長長的回憶

牽著您的手
牽出一點一點滿滿的思念

牽著您的手
牽出一絲一絲無限的悔意

也許，我久久才想到您一次
也許，我久久才夢見您一次

只有您，包容我最多
帶給我最溫暖

您的用心，您的關愛
今生，我無法回報

年少時的懵懂無知
只求您原諒

現在，我已漸漸了解
懂得世間是非

您該放心我了

願您能在另一個世界
找到屬於自己的天堂

詩序一　會飛的夢，感恩於情

走過從前，邁向未來
與你相依的歲月
難免有些風風雨雨
始終不肯收回的是
堅毅不變的抉擇

為你快樂地旅行
雖然沒有一個驛站是
我的終點
我仍不停地追隨

愛情的花火
迸出，看不見的火焰
傷心的背後
我夢見
結實累累的花果

因為你呀！有情世界
我是天底下
最快樂的女孩

詩序二　會飛的心，感恩於你

不敢敲叩
來自遠方的
相遇之初
屢次跌落，迷網裡

雖然你並不知道
我來自哪一年
你仍為我點燈
因為，我趕不上
最榮耀的晨光

因為你呀！恩人
我是天底下
最幸福的女孩

序一

原來我們還能愛，真好！

和陳小姐以文會友，工作因緣有幸，得以為她的第一本詩集《最美的季節》寫了篇讀後心得，如今很高興她又要出版第二本詩集，她不棄嫌，我也高興能為本書再寫一點想法。

剛才，很舒服的讀完陳小姐這本《相遇》，啊！很好的感覺，原來像我這種「上了年紀」的人，還是能愛，真好！感謝她讓像我這種年過三十未婚的忙祿上班族，在職場上衝拼勞頓十多年，或在情感之路上也被現實生活磨損，心因此累了、疲了，似乎失去了愛人的力量和力氣，但讀了本書後，有一種醒悟，其實去愛相愛是不分年齡的，而愛常存於我們心中，就看我們珍不珍惜，對，就是書中那一份很執著的對於情感之愛的珍惜，我感受到一種真誠的愛永遠存在。

也其實，我在一首首的詩作中，看到了作者雖然寫「情愛」，但她筆下流露出來的想法，或是體悟，卻蘊含著如何好好有愛的生活著的哲思道理，人生本是如此，一生中一路走來都是伴隨情緣。

關於情愛，我們可能有「如果我們沒有相遇/我也不會懂/關於愛情的事」的無解自問，也可能有「下一步究竟要走向你/還是，遠離你」的思緒困惑，或者有「你是我生命中/唯一的一段美好」的喜悅珍惜，或者有「喝一杯苦濃的咖啡/把今生和你的一切/攤開在，帳幕玻璃窗外」的愁悶傷悲，或者有……啊！多麼繁雜又煩雜的各種情愛關係，陳小姐都寫在她的詩裡，讀這本書讓我們細細品味一生情緣。

出版社主編　李坤城

序二

詩的價值

與恩華素未謀面……認識她，要從她的詩說起。

恩華的詩沒有華麗的詞句，沒有刻意的修飾，唸起來簡單易懂。她是個不矯情卻熱情的人，我們可以從她的詩裡感受到這一點。對世間週遭事物的關懷與感受力，我想恩華是不輸給任何年輕人的。年少時的我們，正值花樣年華感情充沛，風起葉落都都能勾起無限傷感。曾幾何時，華髮逐漸稀白，不禁問問自己…有多久沒有為看日出而早起，有多久沒有為看星星而遲睡，雖然過著的仍是每天早出晚歸的日子……

對於不是作家的我們，在文字的運用與手法的表現上有所生疏實屬難免。但基於對文字的熱愛，恩華卻能不斷地將她自身的感受，用自己語言的方式轉化為文字，將這份真情紀錄下來，她這股持續的衝勁真的叫人佩服。這不禁讓我想起席慕蓉「無怨的青春」一書裡頭的一首詩「詩的價值」：

若你忽然問我
為什麼要寫詩
為什麼　不去做些
別的有用的事

那麼　我也不知道
該怎樣回答
我如金匠　日夜捶擊敲打
只為把痛苦延展成
薄如蟬翼的金飾

不知道這樣努力地
把憂傷的來源轉化成
光澤細柔的詞句
是不是　也有一種
美麗的價值

願以這首詩送給每一個愛詩、寫詩的人。

秀威資訊 / 魏良珍
2004.07

序三

生動的文字、豐富的故事背後的陳恩華

她不是資深的作者，我也不是資深的讀者，可是我們都擁有，最平凡的一顆心。對於要出版詩集，她不是衝動，而是執著。雖然日常生活中有些小迷糊，她對詩認真極致。全力以赴。完全不在意成功或失敗。

文字是語言的藝術，是社會的生活寫照。本以為，她的每一篇作品，是她自己的故事。後來和她深談之後才知道，原來看一部連續劇，聽一則新聞，走一段路，做一個夢，也能寫出如此動容的詩篇。

其中最讓我感動的是〈夫〉這首詩：

你悄悄點亮了
屬於我們的一盞燈
深夜不再淒涼
今後，我們將有
更安詳的夢境

微風乘著雨季而來
我的煩惱

思慕你溫暖的心
我再次確認
你是否握住我的雙手

這些日子，和你在一起
多謝你帶給我
無盡的歡樂

如果，對愛情有太多的無知
收藏在回憶的邊緣
將不安與落寞的眼淚
向深空的世界而去

身邊的朋友都知道，她目前依然是，一個人的世界。為何寫出，婚姻生活的感受。聽她解釋，這首詩意象來源，讓我好感動，她說：「有一天早上，起了一大早，打開電視，看到一則火警新聞。蘆洲大囍市火警，有幾對夫婦也葬身火窟，留下了年幼的小孩。一直以來我深信，男人將帶領女人，走進快樂的世外桃源。沒有波浪，只有感動和安靜的生活。哪怕是到了極樂世界。或許他們倆非常牽掛著留下了年幼的小孩，走向這條路並不是他們的選擇。是命運的安排，上蒼要他們取捨這樣的經歷。」

認識恩華一直以來，每一次聽她講話，條條是理。感覺，她能看透世界，看透生活，看透人心。在我們心中，她早已是非常出色的作家了。

她還有一個小秘密。我和讀者一起分享。這本詩集其中〈你的愛，在迢迢千里〉這首詩在，某文學網站，2003年情詩精選第(五)集入選為優秀作品前10名的好作品。

我們一起捕捉，恩華 生動的文字，豐富的故事。

超級好朋友　芙蓉　2004

序四

我陷入包容的漩渦

看好整本陳恩華《相遇》詩作品，我已陷入了包容的漩渦。

愛情的意義，不再是有始有終。有結果或沒結果。在相愛的過程中，你所付出的每一件事，有價值，有意義，才是重點。在作品中所描述的字字句句，像極了，恩華耿直的個性。

你的愛情何時會來?緣份是否即將降臨，地球上生活了多少年後，在世界的某一角，我們會相遇。相遇過後種種情形，是喜是悲，我們無法預知。對於愛情有些人是遲遲不敢邁步，而有些人卻義無反顧。無論是理智或是盲目，終究，我們是相遇了。

人生總是不斷地跋涉，愛情也是如此。相互包容，忍讓無謂的爭執，也是愛情中的一門學問。「相遇是永恆的愁緒。我應慶幸今生遇見了你」讀著恩華細膩的文字，好像在喚醒，我們每一個人的故事。注定會遇見你，而那不可抗拒你的力量，來自於真誠和包容。不在乎，相愛是否有結果，我們默默等候。因為所有的愛情故事，有開始，必有結局。

我們別無選擇的。不過我們仍然可以創造。可以微笑。或許《相遇》能帶給，走在愛情邊緣的人，一點啟發。

(同學)美商貿易　　李惠珊　2004

Encounter

纏綿

我的心為你綻放
我的愛在你眸光中
振翅尋覓
我歡欣地，為你點亮
喜悅之燈
並獻上，最真摯的情

每當獨留的夜晚
我向你歌頌
寂靜荒涼的歲月中
處處是我為你留下的淚水

我們的激情
在無邊的晴空飛動
不再害怕，那不測的風暴降臨

而熟悉的甜蜜
夢一般湧現
化解長久的思念

夢

難以理解
你為何在我夢中出現
我努力驚醒
告訴自己，不是你

眼角的淚
企圖解釋
過度思念的情緒

再寒冷的冬季
也無法敘述
曲折的過去

我看見
你無奈的表情
逐漸退去
驚慌中
你深深的一吻
早已擾亂了我的夢鄉

走入你深邃的愛情

那天我們來到
一個秋天的下午
你用一口氣
把心事吐了出來

我想收回
投在你身上的視線
你堅持的微笑
暗示著對我的忠貞

我決心放任
這脆弱的愛戀
你伸出一雙溫暖的手
創造另一座
愛情的城堡

看見你深情地望著我
我的凝視
開始不再落荒而逃

你是我的每一刻

你不畏，外來的風風雨雨
隱居在我心裡
常飛奔而來的情
凝重跌落
我心的每一個角落

透過一切的真實
以微笑報答
你失落的掙扎

你是我的每一刻
我的愛
不是千言萬語
不是詩情畫意
所能訴盡

我的表情裡
我的凝視裡
對你，充滿了
暖暖的感謝

重逢

回到你身邊
熟悉的心跳，不曾改變
我滿滿的思念
在你微笑裡沈沒

想念是無法照應的病
在我心裡，溫馨地發作多時

喜悅的風暴
總為我們帶來
一連串的驚嘆

你的眼神告訴我
歸來就好
漫長的恐懼
從你凝視中
漸漸滑落

當時間停止

當時間停止
宛如沈靜的哀辭
苦痛是你不知曉的情
晨曦是黑夜
遺留下的微光

細細收藏
咒語般湧現的思念
永到不了
時間緊鎖的憶地

我用一生
深執的不絕望
歡愉你的心
直到
當時間停止

想念

秋天裡東風不來
所有美好的景象
在無窮遠處
我將在歲月的每一章節
做一個夢

你無言的盟誓
是否依舊
我們共同的希望
還是落空

窗外終究飄霧
我哭紅了雙眼
鳥兒急忙轉身
沒有留下任何希望

該如何告訴你

愛，失落地存在
經過幾番挫折
眼淚在顛沛中掙扎

遠去的時光
留待細訴
零亂的故事

把唯一的愛
燃燒成永恆
或許不再失望
你是如此遙遠

該如何告訴你
我千纏百繞的情
已為你留下
長久的思念

不能入夢的人

默默走向你
你我的眼眸
交織成一道彩虹
在北方的天空
暫放光芒

每當想起相遇時的點滴
一萬個對你的思念
就成了無限的喜悅
盪漾在我心海

我走過黃昏
為你獻上暖暖的祝福
而你化成了微風
吹向我

相惜

淒迷的相逢
匆匆隱沒在
寒冷的冬夜
將深深的愛慕
留給窗前的你

在我燦爛的生命
感謝你短暫停歇
在我孤寂的旅程
幸有你滿滿的真情

每一條長長的路
有我們沈重的相惜
各自的歸途
有我們深深的祝福
輕輕吐吶
美麗的童話

流浪歌

讓每一次吹起的風
帶有我深深的情
飛向你的心

莫把我獻給你的愛
狠狠拋向，荒涼的旅途
我不願獨自走向永遠

我將以無限的忍讓
赦免你無心的冷漠
你是我的天空
寬容我痴情地侵略

把我的心，流浪在你身邊
隨著黑夜，透過美麗的繁星
永遠為你歌唱

無題

你的目光
總是最理智
每一次遇見你
我總是驚喜

你，突如其來的靠近
失了神的眼眸
我並沒有太多的埋怨

你的渴望裡
是否有我寂寞的縮影

時光將記憶深鎖
落日總是匆匆
風起了
今世的種種
乃是無題

選擇

你的眼神
總是深不可測
面對你
我盡全力約束自己

雖然我忽明忽暗
未曾給你太多的難題
我只站在
被你忽略的一角

容我於不滅的深情
靜靜偎依在你胸懷
我願意隔著你的冷漠
在流失的時光中等候

隨緣

你的短暫
我的永恆
徘徊在虛無之中

水波如心
聲聲叩響
無常的悲喜
最初的相遇
如曙光初現

你說，任何的夜色
是我的剪影
讓這場迷失
隨緣而定

苦行

我知道
你仍在遙遠

寂寞的夢
不解的懊惱
不修邊符的黃昏
與我們同在

時間，疲倦地過了
宇宙以一種遺忘
等待黎明
銀色的星，好燦爛

思念苦繞的意識
繼續尋找
你神秘的行蹤

浪漫的消息

相遇時的一道曙光
在等待中綻放
如雲，如雨，如風
驚散了你我的相思

悲與喜的掙扎
一條坎坷的路
守候你整個天空的寂寞
夢與真實交換溫柔

一朵盛開的微笑
兩行熱淚
拒絕了夜的黑

期待

有一種
你十分熟悉的聲音
等在沉沉的黑夜中

絕望的雙目，守著
相思滿溢的窗口
我已疲憊
不再從迷網中醒來

昨日的無依
今日在含笑裡沈睡
冷風吹向
一世紀的盼望
夜與我們，細細期待
寧靜的永恆

距離

守著一個
溫柔的黃昏
微光下的雨景
乍醒，相思滿溢的感覺

我不能接近
也不能撫慰
更望不到
負傷歸來的你
我們如火的愛情
那樣淒涼

雨絲落在
你走過的每一片空間
如何詮釋
你使我的希望
重新點燃

雙飛

甜美的愛情
從你微笑中滿出
你終於接受
我們相愛的故事
你無法抗拒
我輕輕不忍的心事

我們攜手走過
幸福的時光
仰望著美好的清晨
溫暖迸裂出
互握掌中的信賴

我句句真言
說出一字字
堅定的愛情

你說，屬於我們的愛情
已在億萬光年外等候

追逐

今生你來不來呢?
在我心裡
繫於你的冷暖

你輕輕回眸的想念
無法衝過
愛情的關卡
你滿腔的永恆
回憶中浮沈

在漫長的歲月裡
我不敢掉落
一箱箱的思念

光是你的眼
風是你的心
而我，總習慣
不停地追逐你

回首

乘著風
沿著你每一道目光飛翔

一場偶然
一扇窗
將成為你美麗的諾言

我們一起回首
從前的憂鬱
荒涼消失了

在虛無縹緲間
我們一同游進
生命的汪洋

悲歡

夜色從迷霧裡展開
殘夢徘徊的陰霾下
我無法赴向你

火焰的姿態
撫你倦意的歲月
茫茫的等待中
狂熱的愛情
滯留在你蒼鬱的影子

雖然，世界小得像
我們所有的往事
深深的足跡
卻無法到達盡頭

歡樂只是
寬恕的過程
你一串冷漠的微笑
為什麼還帶著一種熱情

秋天的消息

我在言語中
接近真理
某些日子
充滿寒冷

夜留給
失魂落魄的歲月
夢，尋找走失的愛情

我必須重返
離你最近的秋天
你才能夠透露
任何消息給我

重建永恆

歡樂的燈火
不可能一閃而逝

什麼能代替
初醒時的孤獨
從日子裡找回真心

文字敘述
不可理解的心事
回憶中一一浮現
被你遺忘了的風景

轉身向陌生的永恆
公佈此刻

共同的歲月

和你談心
我們共同分享
來自八月的陽光

季節的大海
無盡地悲涼

我們回首處
道路的霓虹燈
再次亮起

惜緣

我們相遇
如前世的約定
我相信神話

你隱隱約約的凝視
始終給我太多的希望
遙遠的星光
悄悄記下
我們相愛的故事

你說
我倆向前尋找
歲月中更多的難忘
雖然夕陽
不曾為我們停留
我們卻擁有
時間賜予的短暫緣份

預言

記憶中
我用淚水
寫滿了你的名字

蒼天遺落了
我倆，未完成的心願
不可理解的盲點
隨悲傷而來

今世的誓言
為期盼，來生的生死不渝

你的憂愁
我的永恆
恰似，淒美的愛情故事

恍惚無聲的羞怯
穿過你生澀的愛情
乍現的光芒
預言了
我們各自的人生

自由

你緊緊擁抱
最後一葉黃花
四季唱出
醉人的旋律

你深情地起舞
要我忘了痛苦
我們一起享受
夏日的夕陽

夢中的天使
為我們祈福
你開始離我好近好近

迷茫的夜色
不再拒絕我們
狂跳不停的微風
真叫人心碎

相思

我攜一身的相思
夢到你的窗前
初戀如童話般美麗

你是我不忘的滄桑
黑夜或白晝
只想靜靜等候
而你，情深款款的留眸
奔向我深深的思念

生命走過的風景
告訴我們
萬里有我們期待的未來

相信

思念
搖落了心痛的淚
你說
我是你最美好的相遇

每一次的盼望，隱藏著
我對你無限的思念

我們的故事
荒涼如長夢不醒的夜
你無法赴任

永恆是你竭盡所能的凝視
而你，堅強的愛情
是我每一個
嶄新的希望

旅

日與夜
你失落地糾纏著我
我不了解
你千般的心戲

寂靜，孤獨引來
夢幻那端的情緒
路迢迢
空等在昔日的窗口

時間，風與光
提前來到
你真誠的大地

而我，無從測量
到達你天際的距離

迎向陽光

夜色即將別離
透過眼神
我們交換心事

為了釋放
滿載哀傷的憂愁
在感情的十字路口
我們一起找回
失落的夢

在旋轉的時間裡
我們含淚擁抱
不再退縮的意志

望

你曾承諾
不會忘了過去種種
還有我溫暖的淚

世界已慢慢入冬
只要有你在心中
愛情的缺口
不會失溫

在生命的旅程
我錯過太多
得與失之間
早已習慣寬容

人生有更多的悲涼
風暴在不斷揮舞
光明的期望
永不飄零

別

我的前途
有你的祝福

生命轉向
無止盡的感情線上
來不及創造
新生的未來

我揮手
在你窗前的燈光下
我呼喚
向你溫暖的心
寫出一句句
哀愁的吶喊

我含淚凝視你
你卻如同一座
冰冷的燈塔
唯獨為我
不再輝煌

一個人

我將獨自走過
迷茫的景色
初戀的滋味
是否悄悄來到

想你的心
棲息在腦海
回憶，幻想
糾結的思緒
喊一聲親愛
你卻無限遙遠

痴心

茫然的風聲裡
盲目地尋找
無知中想念的人

或許，我適於
晨曦的微光中
長久的睡眠

天地間盛開的花朵
總會凋零
光陰給予的
只是，空虛的蓓蕾

不怪你
只能把我放在心理
落幕之後
我不會留下絕句

守

你無所畏懼
我們的愛，在世界的盡頭
而我一直以來的沉默
要你明白
我溫馨的照應

即使，我不是你的唯一
我仍舊感覺快樂

任你捕捉
回響在黑夜的餘音
用詩塑成
我想像中的你
放任自己起伏在
你存在的記憶

我是最溫柔的哀傷人
雖然你容我棲息在
世界的另一角
也不覺你最後一吻
來得太遲

過去和未來

垂憐的幻滅
不掩飾太多的思緒
黑夜運行著
心靈的幻想

回不去的最初
只能是一種想像
一種無限的悔恨

破碎的故事
絕響了，愛與諾言
奇遇如風中飄散的花蜜
時光穿越
你深深記得的那個曾經

我已習慣默念你
你卸下羽翼
守候幸福的雲彩
只能在晨曦中浮現

夫

你悄悄點亮了
屬於我們的一盞燈
深夜不再淒涼
今後，我們將有
更安詳的夢境

微風乘著雨季而來
我的煩惱
思慕你溫暖的心
我再次確認
你是否握住我的雙手

這些日子，和你在一起
多謝你帶給我
無盡的歡樂

如果，對愛情有太多的無知
收藏在回憶的邊緣
將不安與落寞的眼淚
向深空的世界而去

錯誤的相遇

想念的這一刻
只能相視彼此
暫別時
依依難捨
強忍掩飾
你心中有我
我心中有你的秘密

無情的歲月
將我們的愛
深鎖在夢的邊緣

你失望的雙瞳
迎我孤寂的身影
我漂泊的淚珠
感受你微弱的相思

蒼天是否已知曉
我們錯誤的相遇

同心

你目光觸及的每一處
風雨無阻
總是習慣駐足
而你，從沒有視而不見
欣然接受
我的苦難

希望帶來更多的失望
或許，歷史正在創造
最適當的結局

海不曾停留
意志是你給的堅強

雖然我們無法知曉
這世界真正的永恆
不屈的精神
與真心同在

想你的感覺

迷糊或清澈
黑暗或光明
愛，脫離一切的虛假
所以，我願意冒險去

眼中的綣戀
積累一層層的相思
或許，我已是為你
無法原諒的迷失

一切的哀愁
圍住一張張
無悔的執著
熱淚湧向
你整個的天空
把所有的感動告訴我

傷逝

也許你發現了
我所有的秘密
愛和相思，在此等待

我應慶幸
今生遇見了你
你多變的情感
任憑你的情緒游走

瞬間的花火
隱藏太多的未知
理性創造了包容

我大聲嘶喊
回憶在春天裡
漫漫飄零

屈服

我喪失了所有鬥志與驕傲
被你一次又一次屈服

你是如此輕易
讓我心動
此生此世
我忍不住
愛你無數次

我常被你寒冷的夢
無情地包圍
因為相信
這是命定的相愛
盲目地在
幸福中迷路

這場來得及正好的愛情
不知道你能不能帶走

至愛

再不能和你假裝陌生了
未來的夢，不停地遠行
我的凝視
穿過你偽飾的沈默

至愛
你明白了不是嗎?
明白，錯置在
你身後的雲彩
為何追隨著你

或許你給的微笑
屬於眾人的
你無法兌現
初見時的盟誓

你只是我無法入眠的夜
又苦又冷的執著
安詳於
頻遭你愛情的追逐

甜蜜的悲傷

喝一杯苦濃的咖啡
把今生和你的一切
攤開在，帷幕玻璃窗外

夜深了
只有我對你的愛慕
挨受著，你無心的冷漠

你曾經原諒
我無怨的愛

海是心
風是夢
海讓你遼闊
風要我飛翔

狂雨即將來臨的時刻
寒冷中，你是否聽見
我每一聲的祝福

角色

你深邃的愛情
掠過我深沉的夢境

窗外悅耳的聲音
輕輕敲響
不復記起的回憶
究竟何處是天涯

對於愛情
得寸進尺後
我已是千瘡百孔
而你，堅持永不淪陷
或許你是創造，也是毀滅者

最後一次飛翔

靠近你剛直的個性
讓每一次的凝視，不再苦悶

這是我最後一次飛翔
前途只是一片夢魘
孤獨如無邊際的天空

也許夕陽知曉
何處是我今生的落腳

你繫一綑的盲目
啟示我們之間
解不開的奧妙

在更深的夢幻裡
你還有愛嗎?

體驗

默然相望
我在你心裡填滿了愛
你在我眼裡裝滿了記憶

夕陽漸漸消失
我努力撫平
你悲傷與不安

夜戚戚面對
無須辯論的歲月
愛的初貌
從我們互握掌中
慢慢呈現

我終於獲得
你的微笑

陌生

你是一種虛幻
觸不及我的擁抱

你的呼喚
在我夢中
漸漸凋零
我只能捉住
你更深更幽暗的慾念

你漂泊了多少個黑夜
旋繞在時光的隧道中
卻也捕捉不住
我漫長的等待

只為你

如果我們沒有相遇
我也不會懂
關於愛情的事

在任何人的面前
你總是故作不在乎
始終包容我的態度

你是我生命中
唯一的一段美好
未來的光芒
虛幻而遙遠

許多不安的因素
來自於你我自己的軟弱
努力去做
不讓你擔心的我

沉積已久的傷痕
想像
幸福另一方的永恆

認

把一切的夢想
用最原始的角色
和諧地封存在
現在到未來

不曾失約的緣
多像神秘的相遇

你是我分分秒秒的希望
賦予我
無從選擇的命運

來不及察覺
我倆的距離
何其遙遠

你知道，多麼無力的真理
不適於我們前往的理由

情落盡

你步步試探我的伐
淹沒了我糾葛的心

用時間記下
退了色的哀傷

微風已應有的流程
帶來清冷的溫度

我已滿足
錦衣玉食的歲月

事已遠，夢難了
思念只是過度擁擠的負荷

我們的愛情
在遠方的烈日下
已歷經滄桑

惡作劇

不捨是一段
滄海桑田的悲傷
每一道傷口，在寒冽中
輕輕吐吶
流浪少女的情

夜從細雨中飛來
只有美麗的螢火蟲醒著

不出聲的牧神
在長途跋涉
聽說，路還很長很長

四周只有
馬車走過碎石路的聲音
星星在高處
無可奈何地浮游

是誰在惡作劇
這拼湊不全的故事上演

遠

容我為你留下
幾張微不足道的詩草
這是我心中的秘密
生生世世無人發現
唯有愛情，關懷，絕望

事事多變
不要緊緊追隨
無須珍藏的情

雖然落花風情萬種
你只帶給我
充滿未知的無奈與慌恐

今夜的星光裡
有你昨日的溫暖
孤獨的燈
在夜的一角徘徊

沈重

究竟軟弱的自己
在情字這條路
遺漏了些什麼

無奈的棲息
沒有答案的失落感
平衡不了
難以言語的愛情

熟悉你除了微笑
每每期待下一秒
再見到你的機會

在反反覆覆的掙扎中
我會不會被你遺忘
簡單的生活
複雜的思緒
不曾拒絕你的靠近

為時已晚

有些時候
我們做同樣的夢

所謂未來
只是，過度承載的記憶
有些傷痕
難以痊癒

你說，人世的太多堅持
勢必已遲
只能執著於
殘存的誓言

看見最初已太晚
昨日的種種，已成
殘落的依戀
我苦澀的愛情
已難回頭
夢難圓

暫別

你已接受
我對你熟悉的一切

光陰吐露
歲月的綠意
人間的哀傷
凍結凌亂的心情

我在十字路口目送你
或許暫別的時光是
仰望未來的希望

你悄悄對我說
"沒有一句話可形容
我們的相愛
別在意
我們未能走到
愛情的盡頭
妳的出現
是我千年不變的
夢寐以求"

飄

時光交錯的瞭望中
你我共同的靈魂
在心的深處
分享愛情的光芒

你對我千般的好
彌補了
我們無法廝守的遺憾

往事一幕幕
幸福細述
我倆今生的奇緣

你問我，天涯在何處?
我想，或許天涯
就在你我心中

遙遠的距離
一起走過的青澀時光
我們已來不及理解

苦撐

我們尋覓一絲
未被悲劇
淘汰的滋味

苦苦牢記的
只是和你在一起
精彩繽紛的時光

窗外依舊是
遙遠的路途
你仍然習慣
不疲地回頭尋找
童話中的春天

感情的堅持
勉強揮手過往
我們必須兼顧
悲傷與不忍的情緒
愛情無聲地走了

我和你

日子帶我們走進
世界的角落
你溫厚的雙手
撫觸我疲倦了的肩
我們偎著長長的冬日

我整理好散落的詩草
你不見得明白
在詩句中流竄的愛情

夜色侵略
我們之間夠多的無奈
怎能割捨
此生的相遇

你眼角的淚水
證明不再拒絕
我牽掛與不忍

失

我仍是
不被了解的黃花
愛情本是無終無止

因為明白
所以要懂得釋懷
快樂和不快樂
都該需要把握

雖然有些無奈
莫忘我是
你心中的一株淚
閉上眼睛，在你手心
為你寫下
遙不可及的相思

落日也是你
晨曦也是你
所有美麗的幻想
消失已風中

歸

故事在現實的鐘聲裡
已窺測時間的秘密

南風吹起，破曉時分
走過蜿蜒的希望之路

把記憶交給過去
提醒彼此，責任不滅的定律

只要我們不忘
今世的甜蜜
將不解與無緣
歸向愛情

無解

面對的是，一番掙扎
承載的是，擺脫不了的牽絆

放眼既是
閃爍如繁星般的
你的凝眸
風雨壓制
苦痛的日子

無人能見證
是我為你帶來錯誤
還是你為我帶來希望

遲

我姍姍來遲
愛情的軌跡
已在萬里
我的行囊裝滿了
你無數個盼望

過去，你灑脫的愛情
我懊悔的眼淚
隨落葉，歸屬大地

陽光烘托
煙霧中的
悲歡離合

我為何在滿天的星群中
挑選為你今生的唯一

封閉

告訴我
你不能忘卻的熱愛
不可捕捉的希望
在毀滅中
尋找誕生與死亡的出路

我必須與你遠離
我的目光帶走
你閃現的愛情

我只聆聽
你不能有夢想的
身不由己

你深沉的夢境
在我的詩歌裡
保持一塵不染

落角

讓我在你無聲的牆角
暫棲一世

微光中的倒影
期待你賜予
去向你視線的座標

別收回，點醒了的希望
只要輕輕一個呼喚
我會溫暖你整個冬季

我盡全力尋找
你習慣駐足的每一個轉角
反常的十二月狂風
預言了即來的宿命

結

黃昏的色彩
找回失去的光陰
你旋風式的浪漫
卻已難反覆

等待，猶如一張
發了黃的紙

神話賦予
經典的愛情
日子揮別
滿目瘡痍的傷痕

我的罪惡
決定書寫
完整的故事

無奈

所有無預警的
發生在這場相遇

我為你點燃
你無法達成的願望
在遲了的今世

你我相隔如天地
只能用言語
所能證明的世界裡
我卻愛上了
麻木不羈的你

在豐富而危險的
無數次相望過程
誰都不願意永別

尋找一個夢

愛情若是種負擔
滄海中，所有苦痛的悲劇
歸向何處

我是尋夢者
在不安的等待中
聽不見，你一絲絲的呼喚

相遇是永恆的愁緒
我捕捉不住
你呼嘯而過的夢想
依舊落空
你多變的抉擇

冬夜茫茫
你紋風不動的愛情
依舊在燈火闌珊處

相遇

我愛你
把今生最美麗的相遇
我會一一寫下
心痛將是無可避免
因為，我們彼此
無法廝守終生

寫著與你的點點滴滴
眼淚，不由自主地滾滾落下
這不是傷心的淚
而是，滿足的淚水

我常漫步在你身旁
預期中，你也常接受
我黯然的愛慕
最真的心守候已久
我總在你專注的凝視中
繼續掙扎

每一次與你相見
都是我甜蜜的經驗
你給了我
信任，安全，寬容，忍讓
日子久了
我們一樣忙忙碌碌
你痴痴的凝望依舊

在最深的沈默中
你要愛我多久
未來可能各自紛飛
我們不能阻擋
也無法改變這一切

人海茫茫
我不知道下一步
該如何走下去
你曾在夢中告訴我
把握不能久留的歲月
我們活在當下

希望

看見你含淚的眼
終於明白
你無法忘懷
我流浪的心

你知道
我最好最美的一面
你知道
我的愛朝夕眷顧你
已很久很久
寬容地忍讓
我的無知

我們必須想像
童話中的永恆
努力尋找
遙遠的賜予

在短暫的生命中
把一切的傷痛
沈睡在海的臂彎
屬於我們的夢
已在星空浮現

唯一

如果，今生沒有遇見你
我該去向何方
我相信
你並沒有離我而去
無論現在，永遠
你一直守護著我

想著我們的愛
緊緊在一起
我就能夠擁有
更想念你的滋味

我的記憶
永恆浮現著你的人
我從不忘記
夢想著你
心，就能到達
有你在的地方

你給我的一切
溫暖在我心
我眼裡的你
勝過所有

不管世界有多變
唯有我們的愛
永恆不變

堅持

終於等到
你開口說話的這天了
這也是第一次
我跟上你的腳步
歡樂欣喜的淚
無聲地滑落

選擇喜歡你開始
就陷入你情網
習慣勉強自己
勇敢面對悲與喜

雖然過往的歲月
有些悲傷
我堅持等待
你深邃的眼

如果時間是

你五光十色的多情
我還是無法停止想念
在世界的另一端
夢裡夢外的你

留白

如果，我知道你的名字
我會悄悄念著入睡

此生的遺憾
我無法多一步靠近你
最讓我掛念的是
愛上我之後
不知所錯的你

有一天
我們必將離開
但願那天
永遠不會到來

雖然，你只能給我
最少最少的愛
我一樣在你面前
快樂地垂著頭

快樂地流著淚
重複溫習
你痴痴的凝望

把今生最美麗的相遇
藏在心的最深最深處
用我的一生
信守我的承諾
永不讓你知道
我是多麼愛你

這是一個
美麗豐富的下雨天

帶著無限的思念
我的心，飛向你的視野
你緊閉的窗，終於開啟
這是一個美麗豐富的下雨天

長久以來
第一次，與你面對面
全世界，最美麗的言語
就此誕生
我感到
那一片漆黑的孤寂
早已荒漠

這時候
你深情地望著我
而我，忍不住重複看了又看你

你懷著，最真誠的希望
進入我莫測的愛情中
此刻，我倆同時感到
愛是無疑

思念的日子

無盡的思念
靜靜地流過
季節的音符
莫名的思緒
等待，痴情的花落

我知道
你並非無情
你小小的勇氣
點燃了我久久的希望

喜悅
從你一直
看著我的眼開始
漫漫走向你
或許，你內心深處是
更深密的林

平靜的天空
已佈滿了星星
夜晚的空氣
真叫人心碎

請從相思的夢境
帶走我吧

過客

忍住悲傷的淚
我顫抖的手
在你窗口
為你寫下長長的一封信
徬徨中，望見
你無奈的眼

親愛的
我只是個過客
世界還有
更多的不快樂
今後，只有我的夢
悄悄去訪你

讓我們
把解不開的迷
放手遠走
有一天

你從迷網裡醒來
已忘了
誰曾在你心裡
停留過一時

想念與悲傷

不殘缺的光陰
透露繽紛的喜悅

你在我靜靜的回憶中
生命的每一段驛站
有你真情陪伴

依戀深深
延伸而出的感情線
你不會發現

只能留住
你千萬分之一
溫熱的眼淚

允諾過你
我會很好很好
難以平息

無聲紛飛的繾綣

窗外雨正滂沱
你一直以來的沉默
真叫人心碎

你的愛，在迢迢千里

你千里的思念，星辰那樣
不安定地在閃爍
你萬種的心態
無法肯定
你愛我的事實

我的心，努力穿過
你遺忘了的記憶深處
以夢的深沉
熟悉，夢中的你

再多的暗示
你依舊束手站在
最遠的地方
只有你痴痴的凝視
是我今生的依附

我緊緊跟隨的牽掛

仍願意捕捉
你孤單的相思
你幾乎忘了
我們相識
過了幾個寒暑

我要等待幾世
你才能牽繫
我苦候的手
隱藏在心裡的心酸
等待一線，短促的曙光

念

開始和最後
終究是否歸於零
一場空洞的悲歡
留下許多非斷的記憶

無法在你
生態昂然的風景中掙脫
讓我為你尋找
絢爛的夕陽
夕陽是白晝
刻意留下的激情

漫長的寂寥
陪著想念你的我
感恩的季節已到來
我仍舊守候你窗前

我們共同的浪漫

像斜陽外的初春
文字吞沒我們的眼淚
在散落的記憶裡
我繼續思念你

遺憾

我完成了
對你的承諾與理想
愛情來自於
一種，無法掌握的生活

容我詳細書寫
曾經想要絕望的感覺
在寧靜平和的陽光下
我們的愛情
還有更神秘的地方

退去困惑的疑慮
為你寫下
你不相信的神話

我所陳述的
你所沈默的
將共鳴黑夜

今生已了無遺憾
你會了解
一首詩總會有結束
一段愛情總會有結果

附文

Encounter

1

歲月是成長的技巧
這些日子
我靜靜擁有了
樸素與純真的愛情
我們常在，擁擠的人群中相見
時光無法倒轉
生命既定無法重來
只要盡力捕捉每一道曙光
我們的愛
已接近完美

2

我該如何抵擋
你一次又一次
目不轉睛的眼神
但願我的愛
永遠停留在
你生活禁地
你能看透
我覺與醒的掙扎
在狂風暴雨中，掉念著
你掠過的每一個情節

3

在每一個清晨醒來
無法讓自己相信
我仍然無力掙脫
你過多的牽絆
你是我前所未有的珍貴
在流失的時間中
我不能抵抗
改變不了的事實
儘管如此
我仍深信
即使窮途末路
愛情有無限的可能

4

時空，把我們痴傻的行為
繼續荒誕
我們彷彿走過了
好長好長的一段路
對愛情對彼此
我們沒有任何選擇權
我們一直焦急等待著
而今而後
一片茫茫的未來
直到失去整個城市的蹤影

5

是不是失去了你
還是不想再有夢想
代價是，面對著
千瘡百孔的心
願你獲得
我永生永世的回報
我知道你很難原諒我
時間將沖淡
繁鎖或毫無目標的希望
無論你刻意記起的
或是要刻意遺忘的
將一一找到出口

6

再未來，我會刻意想念你
同過去同現在
每日每夜或冬季的時候
在夢裡或在醒來時
這段故事，不是我們
所期盼的結局
今生與你相遇
我並沒有忘了要感謝你
我只是不懂，要如何表達
雖然時間分秒在流失
而我們也不停地付出

7

你的凝視
總是讓我
來不及思索來不及理解
請別驚走
我天旋地轉了的繾綣
因為愛你
我一直都是如此
即使夢想不能實現
我的愛像風一樣
永遠為你吹動
長久的力量

8

走在落花的街上
時間的空虛中
你的笑容不斷浮現
與你相識相戀
是我從未有的想像
感謝你
在我最後一次夢想時
及時出現
或許你給的愛是
無解的答案

9

你帶來試探我心靈的哀傷
蒼天包容了
四季輪迴的風風雨雨
唯有愛，可以滋長在
記憶深處
在彩虹的背影
我們已深深埋下
如雨雷聲的誓言
在星星極少的夜裡
我的夢不再逃離你

10

每當新的一天
你都向我問候
我相信我所看到的你
在一天的忙碌中
你的笑容，如此燦爛
如果有一天
我們無緣
你將慢慢釋懷
這日日年年的回憶
皆是我們
可以深刻垂記的

11

我們一同穿上藍色的衣服
以為，你和我
早已沒有了默契
不過，你還是，很在乎我的感受
窗外下著綿綿細雨
細雨洗淨我們的悲傷
每一次你刻意的回眸
總是讓我亂了分寸
你是我始終不變的方向
始終不變守候
始終不變想念的人

12

你深情地微笑
你用眼神告訴我
要我不要忘了你
我知道，關於我們的未來
你已束手無策
而我從未錯過
任何機會
只要你知道
我們的愛，在不遠的前方
有一天，你會明白
所有問題與答案

13

冷冷的風，輕輕吹過你窗前
因為太多的未知
我們必定接受失望
不願讓你看到，我的憂慮
我無法在你身邊
停留太久
你無奈地看我匆匆離去
如果我無消息
抬頭望那，寂寞的雲
希望以輕聲一句道別
呵護你不傷心

14

你深情地緩緩走向我
痴情的我
盼望著你痴情的對望
路還有多遠呢?
請為我留下
你夠多的足印
我才能夠遠離
殘酷的無緣
我的心，徘徊在你身旁
你應該知道
已過了三個冬季

15

流失的光陰，擬向何處
等待，也只是未完成的故事
下一步究竟要走向你
還是，遠離你
而你，深情的雙眼
依舊緊緊守著我
你一點也查覺不出
我的迷網
在你深密的森林
我繼續迷失方向

16

從未想像過
我們可以天天相見
面對歲月起落
再多的摧殘
我的心，依舊逆境飛翔
因為你會為我擦拭
滾滾的淚滴
我們默默度過
無緣的歲月

17

有情的陽光
溫暖照耀你窗前
我最愛的陌生人
今年冬季，你的愛
又到不了，我身邊
對於愛情
我是最最脆弱
很久很久以後
你將把我遺忘
而我，甘心受限在
因你而來的種種回憶裡
過多的牽掛
讓我執意，不肯離你而去

18

夜已深
你依舊照亮窗前的霓紅燈
溫馨的氣氛
來自於你用心的佈置
我倆一起守候愛情
而天使守護著我們
我總是最期待
你的笑你的冷
我將繼續想念
有你的世界
此生，原諒我帶走了你的回音

19

最寒冷的冬季
看見你深情的凝視
我的心好溫暖
雖然你常來入夢
我更希望今晚夢中有你
我有充分的理由
愛你直到天長地久
我的心穿梭在
你記憶的時空阻隔
把長長的思念
伸向你無蹤跡的永恆

20

溫馨的日子，窗前的燈芒
將我們的心解嚴
你帶著我最在意的微笑
我們相互祝福
溫暖的氣氛
追隨我們負擔過重的理智
我知道，你很想努力摘下我的心
你每天的守護
淹沒了我失落的夢

21

你忘了要放棄我
而我一直等待你
生命中最燦爛的那一刻
是你為我停下腳步的時刻
在你滿滿汪洋的愛情
我漂浮於多日
如果日子一定要過下去
請別輕易回頭
把神虛疲憊的相思
無聲地交給我

22

未來的你是否一定存在
如同此刻
最接近我的距離
請莫要不知所錯
我所能夠感知的一切
來自於你所給我的一切
無法預知
決定我們的命運為何
我的罪惡，逐日擴大
久無音訊的天使
在那裡呢?

23

說好不哭
我還是流下感動的淚
你誠懇的凝視
幾乎把我溶化
對你，我的心
必須是冷的
我已熟悉你每一聲嘆息
星星會看守
我倆萎縮了的夢
你的永遠便是我的永遠

24

你給的喜怒哀樂
我未曾忽略
活著的夢想
因為未來的美好
我相信你不會讓我心碎
漫天飛散的恐懼
是否封鎖住你的心
每一顆星星都知道
我們的愛，無限完美

25

站在你面前
和你面對面的同時
我知道了所有的答案
雖然是短暫的悸動
而我，已深深陷落
你總是很專注地看著我
一直以來
從不想讓你知道
我的思念有多深
是不是該向你說
我牽腸掛肚的愛戀

26

你望著我輕輕向你走過
夢中的你仍然不明白
這就是愛情
告訴我，你還要煎熬多久
把愛誠實地交付於我
或許你是，經不起的波浪
而我，在你反反覆覆的浪潮中
與你接近又遠離
遠離又接近

27

想念是無法照應的病
因為渴望與靈魂同在
此刻，你無悔的凝視
最為清晰
刻意不想你，越是想念你
我知道你最不捨得我
站在你身旁
時間是如此短暫
我默默祈望
此緣靜待來生

28

遠方的煙火逐漸消失
而你，是我一輩子要守望的光芒
你讓我明白愛情的道理
要我懂得把握
有你陪伴的每一段記憶
我開始想念你閃爍的凝視
要忘記今生與你相遇
談何容易
你所看到的我
從不偽裝，從不掩飾

29

寒冷的天，也抵擋不了
想你對我回眸一笑
別急於掙脫
無奈的糾葛
你已在我心的每一個角落
留下無限的思念
不管幸福或不幸福
忍讓你偶爾的遠離
原諒你無心的冷落
我才感知
生命存在的意義

30

我們將繼續前往
鬱結相繫的旅程
我們把愛推的更遠
如果你願，我不會迅速離去
帶你一起進入我的夢境
我會逐漸願意洩漏
愛你的秘密
我會改變
對你，對世界
充滿了一種
無所掩飾的熱愛

後 記

Encounter

後記

每一首詩，每一段故事，沒有華麗的詞彙，只是很平常的語言。我們喜歡這樣，輕盈波動，充滿溫柔的情愛。生活不也是如此。也如同每一個人，對情事，有不同方式的處理。我相信，情路上的曲曲折折，都將雨過天晴。

有人說，愛情像風又像雨，這似乎意味著，愛情這條路，有歡樂，有悲傷。有無奈，也有惋惜。愛情來了，展轉難眠的夜，也跟著來。

相識不易，相牽更難。而相遇更是奇妙。好似我們今生要相遇，是上蒼的安排。相遇太早，還是相見恨晚。就連上蒼也無法安排到恰到好處。只是相遇之後相信每一天的日子，愛情，為我們帶來滿足與喜悅。

只要真心對待、用心付出，我們能得到活在當下的豐盛。對生活，對愛情，我們都要一起努力。

今天又是忙碌的一天。寫好《相遇》已經是深夜12點。這一生要感謝，感恩於我身邊的每一個人。至於日後的創作，將以短篇為主的一系列短詩作品，敬請期待！

陳恩華

2004年6月

《全文完》

國家圖書館出版品預行編目

相遇 / 陳恩華著. -- 一版
臺北市：秀威資訊科技, 2004[民 93]
面； 公分. -- 參考書目：面
ISBN 978-986-7614-36-0（平裝）

851.486 93012292

語言文學類 PG0015

相遇

作 者 / 陳恩華
發 行 人 / 宋政坤
執行編輯 / 李坤城
圖文排版 / 張慧雯
封面設計 / 莊芯媚
數位轉譯 / 徐真玉 沈裕閔
圖書銷售 / 林怡君
網路服務 / 徐國晉
出版印製 / 秀威資訊科技股份有限公司
台北市內湖區瑞光路 583 巷 25 號 1 樓
電話：02-2657-9211 傳真：02-2657-9106
E-mail：service@showwe.com.tw
經 銷 商 / 紅螞蟻圖書有限公司
台北市內湖區舊宗路二段 121 巷 28、32 號 4 樓
電話：02-2795-3656 傳真：02-2795-4100
http://www.e-redant.com

2006 年 7 月 BOD 再刷
定價：200 元

讀者回函卡

感謝您購買本書，為提升服務品質，請填妥以下資料，將讀者回函卡直接寄回或傳真本公司，收到您的寶貴意見後，我們會收藏記錄及檢討，謝謝！

如您需要了解本公司最新出版書目、購書優惠或企劃活動，歡迎您上網查詢或下載相關資料：http:// www.showwe.com.tw

您購買的書名：＿＿＿＿＿＿＿＿＿＿＿＿＿＿＿＿＿＿＿＿

出生日期：＿＿＿＿年＿＿＿＿月＿＿＿＿日

學歷：□高中（含）以下　□大專　□研究所（含）以上

職業：□製造業　□金融業　□資訊業　□軍警　□傳播業　□自由業

□服務業　□公務員　□教職　□學生　□家管　□其它＿＿＿

購書地點：□網路書店　□實體書店　□書展　□郵購　□贈閱　□其他

您從何得知本書的消息？

□網路書店　□實體書店　□網路搜尋　□電子報　□書訊　□雜誌

□傳播媒體　□親友推薦　□網站推薦　□部落格　□其他＿＿＿＿＿

您對本書的評價：（請填代號　1.非常滿意　2.滿意　3.尚可　4.再改進）

封面設計＿＿　版面編排＿＿　內容＿＿　文／譯筆＿＿　價格＿＿

讀完書後您覺得：

□很有收穫　□有收穫　□收穫不多　□沒收穫

對我們的建議：＿＿＿＿＿＿＿＿＿＿＿＿＿＿＿＿＿＿＿＿

＿＿＿＿＿＿＿＿＿＿＿＿＿＿＿＿＿＿＿＿＿＿＿＿＿＿

＿＿＿＿＿＿＿＿＿＿＿＿＿＿＿＿＿＿＿＿＿＿＿＿＿＿

＿＿＿＿＿＿＿＿＿＿＿＿＿＿＿＿＿＿＿＿＿＿＿＿＿＿

請貼
郵票

11466
台北市內湖區瑞光路 76 巷 65 號 1 樓
秀威資訊科技股份有限公司 收
BOD 數位出版事業部

（請沿線對折寄回，謝謝！）

姓　　名：________________ 年齡：______ 性別：□女　□男

郵遞區號：□□□□□

地　　址：________________________________

聯絡電話：(日) ________________ (夜) ________________

E-mail：________________________________